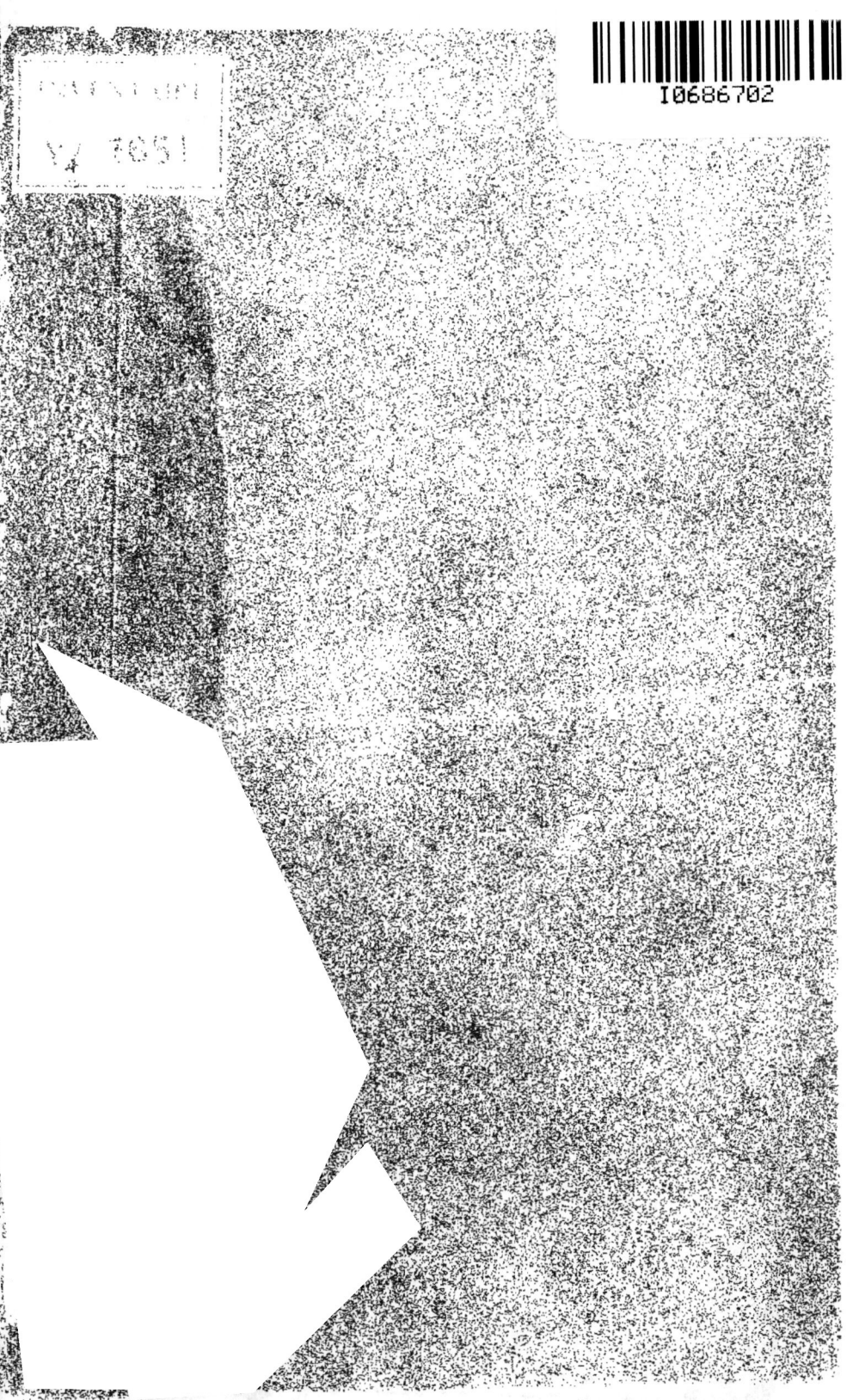

I0686702

Par Favart

Yf 7651

Y.65

LA SOIRÉE

DES

BOULEVARDS,

Ambigu mêlé de Scenes , de Chants , &
de Danfes ;

Repréfenté pour la premiere fois par les Comédiens
Italiens Ordinaires du Roi , le 13 Novembre 1758.

Le prix eft de 24 fols fans Mufique ;
La Mufique fe vend féparément 24 fols.

A PARIS,

Chez N. B. Duchesne , Libraire , rue S. Jacques ,
au-deffous de la Fontaine S. Benoît ,
au Temple du Goût.

M. DCC. LIX.
Avec Approbation & Privilége du Roi.

Vos façons & vos courbettes
Sont en vogue en ce pays.
On voit faire vos pirouettes
Aux Financiers, aux Robins, aux Marquis;
On ne rencontre à préfent à Paris
Que Marionnettes.

Minaudez, vieille Coquette,
Coëffez-vous en papillon;
D'une fille à la jaquette
Affectez le petit ton.
Vous, Barbon, galant à lunettes,
Prenez les airs d'un petit Adonis:
On ne voit plus à préfent à Paris
Que Marionnettes.

M. BRIDAUT.

Au diable foit la mufique; j'ai perdu.

LE CHEVALIER *aux Catalans.*

Retirez-vous, Faquins.

SCENE II.

LE CHEVALIER, M. BRIDAUT, LE GARÇON DE CAFFÉ.

LE CHEVALIER.

G ARÇON?

LE GARÇON.

On y va. (*à la Cantonade.*) Hé ! la Ri-
popée, donnez de l'Orgeat à ces Meſſieurs,
& de l'eau des Barbades à ces Dames.

LE CHEVALIER.

Garçon ?

LE GARÇON.

Allons, allons. (*à la Cantonade.*) Que
l'on porte une taſſe de Chocolat à ce vieux
Commandeur qui eſt avec cette jeune fille.

LE CHEVALIER.

Garçon, viendras-tu, bélitre ?

LE GARÇON.

Parbleu, on ne ſçauroit ſervir tout le
monde à la fois.

LE CHEVALIER.

Parle donc, hé ! maroufle, tu dois tout
quitter, quand le Chevalier de Ventillac
t'appelle.

LE GARÇON.

Hé ! bien, que voulez-vous ?

LE CHEVALIER.

Donne-moi un verre d'eau.

LE GARÇON.

La bonne chienne de pratique !

LE CHEVALIER.

Que dis-tu ?

LE GARÇON.

Que vous allez être servi.

M. BRIDAUT.

Ecoute, écoute ; Garçon, as-tu la Gazette ?

LE GARÇON.

Elle n'eſt pas encore arrivée ; mais voici les petites affiches.

LE CHEVALIER.

Donne toujours en attendant ; emporte ces échets. (*à M. Bridaut.*) Tenez, M. Bridaut, liſez.

SCENE III.

LE CHEVALIER, M. BRIDAUT.

M. BRIDAUT.

LIſons ; pour moi, je tiens que rien n'orne tant l'eſprit que les lectures utiles. (*Il lit.*) Biens Seigneuriaux, Terres, Châteaux & Seigneuries du Marquis Pharaon à vendre par Décret forcé.

LE CHEVALIER.

Paſſons, paſſons, j'ai aſſez de biens Seigneuriaux.

M. BRIDAUT *lit.*

Biens en roture.

LE CHEVALIER.

Fi donc ; qui eſt-ce qui achette de ces miſeres-là ?

M. BRIDAUT *lit.*

Vente d'effets de la ſucceſſion de M. Bartolin, Avocat ſuivant la Cour, rue du Petit-Heurleur. Un Cabriolet, un Deshabillé en chenille, Plumets blancs & nœuds d'épée de la derniere mode, collection de Muſique Italienne, une Guitarre & une Vielle ; point de livres de Droit.

(Pendant que Bridaut lit, le Chevalier tire de ſa poche un petit pain d'un ſol, en fait des mouillettes & les trempe dans ſon verre d'eau.)

M. BRIDAUT *continue.*

De M. l'Abbé Fignolet rue Poupée ; une caiſſe d'Eventails, vingt piéces de Rubans à la Frivolité, à la Baſtienne & à la Tronchin, Jartieres brodées, Coupons de différentes étoffes propres à faire des mules, Boëte à mouches émaillée, Lor-

gnettes d'Opera , Toilette portative , &
une collection de petits Romans , dont la
Vente se fera après la Vacation.

LE CHEVALIER.
Après la Vacation !

M. BRIDAUT *lit*.
Toutes sortes de Vins & de Liqueurs
fines , Linge de table , Batterie & Uften-
files de cuisine après le décès de M. Gras-
double , Chanoine d'Avalons , Place aux
Veaux.

LE CHEVALIER.
Il s'attachoit au folide.

M. BRIDAUT.
Très-bel équipage de chaffe complet
de la fucceffion de M. Carnage , Docteur
en Médecine , rue de la Mortellerie.

LE CHEVALIER.
Doucement , doucement , Meffieurs de
la Faculté ; c'eft bien affez que vous exer-
ciez votre humeur maffacrante dans les
villes , fans dépeupler encore nos plaines.

M. BRIDAUT *lit*.
Demandes particulieres. Un homme de
la premiere confidération auroit befoin
pour l'éducation de fon fils unique d'un

Précepteur qui fçût au moins lire & écrire; les gages font de 300 livres. La même perfonne auroit auffi befoin d'un bon Cuifinier, dont les honoraires feront de cent louis fans les profits ; il fera reçu à l'effai ; il y aura concours.

LE CHEVALIER *trempant fa mouillette.*

C'eft un homme judicieux ; vive la bonne chere.

M. BRIDAUT.

Un jeune homme qui vient d'hériter de 300000 écus, voulant employer fon argent à des acquifitions utiles & honorables, prie en conféquence les perfonnes qui auront à vendre des oignons de Tulipe, des Magots, des Porcelaines & des Papillons, d'en donner avis dans la prochaine Feuille.

LE CHEVALIER.

Ah ! voilà Monfieur Craquet, la fleur des Politiques du Palais Royal.

SCENE IV.

M. CRAQUET, M. BRIDAUT, M. GOBEMOUCHE, LE CHEVALIER.

M. CRAQUET.

Bon-jour, Meſſieurs.

M. BRIDAUT.

Et M. Gobe-mouche, bel eſprit, auſſi brillant que profond.

M. GOBEMOUCHE.

Ah! Monſieur!

LE CHEVALIER.

Mettez-vous là.

M. BRIDAUT.

Hé! bien, quelles nouvelles?

M. CRAQUET.

L'Empereur du Japon vient de déclarer la guerre au Mogol; il a déja envoyé par terre ſoixante mille chariots de munition pour faire le ſiége de Deli.

M. BRIDAUT.

Diable!

LE CHEVALIER.

Ecoutez donc , Meſſieurs ; voilà qui peut faire changer les affaires de l'Europe. Qu'en penſe M. Gobe-mouche ?

M. GOBEMOUCHE.

Hé ! mais... mais... Meſſieurs... hé , hé....

LE CHEVALIER.

Je ſuis de votre ſentiment.

M. CRAQUET.

On aſſure que la Place ne tiendra pas plus de ſept à huit mois.

LE CHEVALIER.

Je gage pour neuf.

M. BRIDAUT.

Vous moquez - vous ? Je la prendrois , moi qui vous parle , en deux fois vingt-quatre heures ; morbleu , j'ai un projet.....

LE CHEVALIER.

Où en avez-vous tant appris, M. Bridaut; eſt-ce dans vos livres de compte ?

M. BRIDAUT.

Doucement , M. le Chevalier : ne mé-priſons perſonne ; quoique Marchand Pa-petier , j'en ſçais peut - être autant que vous. Apprenez que c'eſt moi qui fournis le

Bureau de la Guerre, & que par confé-
quent je dois être au fait.

LE CHEVALIER.

C'eſt tout ce que vous pourriez dire, ſi
vous aviez été comme moi dans le ſervice.

M. CRAQUET.

Et moi donc, corbleu?

M. GOBEMOUCHE.

Entendons-nous, Meſſieurs.

M. CRAQUET.

Oui, ne ne nous écartons point : tout
ce que l'on peut eſpérer, c'eſt que le Turc
envoye une Flotte au ſecours.

M. BRIDAUT.

La ville ſeroit priſe avant. Je ne m'en
tiendrois pas là. J'irois tout de ſuite à
Conſtantinople ; je n'aurois que le Nil à
paſſer.

LE CHEVALIER.

Le Nil ! Eh ! où diable prenez-vous le
Nil, M. Bridaut?

M. CRAQUET.

C'eſt un Fleuve de Tartarie.

M. BRIDAUT.

De Tartarie, de Tartarie..... je m'en rap-
porte à M. Gobemouche.

M. GOBEMOUCHE.

Hé, hé ! Meſſieurs.... Meſſieurs....
A dire la vérité. On ſçait... parbleu , cela
parle tout ſeul.

LE CHEVALIER.

Je ſuis charmé que vous me donniez
raiſon.

M. BRIDAUT.

Qu'appellez-vous ? C'eſt bien à moi.

M. CRAQUET.

Voyons la carte.

LE CHEVALIER.

Holà , Garçon , la carte.

LE GARÇON.

Comment, la carte ! Pour un verre d'eau !

M. BRIDAUT.

On te demande la Carte de l'Europe.

LE CHEVALIER.

Vous allez voir votre bec jaune, M. Bridaut.

M. GOBEMOUCHE.

Eh ! oui, oui , vous allez voir , vous
allez voir ſi j'ai tort.

M. CRAQUET.

a voilà.

LE CHEVALIER *renverſe ſon verre ſur la Carte.*

Remarquez bien ; tenez , Monſieur , voilà le Nil.

M. BRIDAUT.

Garre , garre ; voilà le Nil qui ſe dé-borde !

LE CHEVALIER.

Eh ! que diable ! C'eſt que vous m'impa-tientez avec vos ignorances.

M. BRIDAUT.

Vous êtes un impertinent.

M. CRAQUET.

Eh ! Meſſieurs , Meſſieurs.

M. GOBEMOUCHE.

Entendons-nous , entendons-nous.

LE CHEVALIER *donnant un ſoufflet à M. Bridaut.*

Sandis , voilà pour t'apprendre à vivre.

Bridaut le rend à Craquet qui le rend à Gobemouche.

M. GOBEMOUCHE.

Entendons - nous , Meſſieurs.

(Chacun fuit d'un côté different.)

SCENE V.

UN PETIT MARCHAND CLINCAILLER.

Air : *Achetez* , &c. Noté Nº. 2.

ACHETEZ de mes bagatelles,
Je vends de tout à juste prix ;
Peignes d'ivoire pour les Belles,
Peignes de corne pour les Maris ;
V'là des pompons pour ces D'moiselles,
Et de jolis étuis garnis :
V'là des sifflets pour les Pieces nouvelles ;
Depuis long-tems j'en fournis à Paris.
    Achetez de mes bagatelles,
    Je vends de tout à juste prix.

    V'là pour les prudes Coquettes
    Des éventails à lorgnettes,
Des lanternes pour les Jaloux,
Pour les Argus, v'là des lunettes ;
Venez tous faire vos emplettes ;
J'ai des bijoux de tous les goûts ;
        Fines éguilles
        Pour ces Filles,
Pour les Abbés v'là des flacons,
Des curedents pour les Gascons.

Achetez de mes bagatelles,
Je vends de tout à juste prix :
Peignes d'ivoire pour les Belles,
Peignes de corne pour les Maris.

SCENE VI.

LE CLINCAILLER, LA PETITE MARÇHANDE DE PLAISIR.

LA MARCHANDE.

Air : Noté , N°. 3.

V'LA la p'tit' Marchand' de plaisir.
Qu'est-c' qui veut avoir du plaisir ?
Venez Garçons, venez Fillettes ;
J'ai des croquets, j'ai des gimblettes,
    Et des bonbons à choisir.
V'là la p'tit Marchand' de plaisir ;
    Du plaisir , du plaisir.

LE CLINCAILLER.

Ecoute, écoute, Louison ; as-tu déjà beaucoup vendu, mon Enfant ?

LA MARCHANDE.

Non , Papa ; mais voilà un louis qu'un Monsieur m'a donné pour remettre tantôt un billet à une Dame qu'il doit épouser , & qu'il m'a fait connoître.

LE CLINCAILLER.

Donne, c'est toujours quelque chose ; les honnêtes gens se soutiennent comme
ils

ils peuvent, mais auras-tu assez d'adresse
pour t'acquitter de ta commission.

LA MARCHANDE.

Oh! que oui, Papa, ce n'est pas mon
coup d'essai.

LE CLINCAILLER.

Peste!

LA MARCHANDE.

C'étoit moi qui allois porter les billets
que Maman écrivoit dès que vous étiez
sorti.

LE CLINCAILLER.

Ah! la petite Masque!

LA MARCHANDE.

Qu'avez-vous donc, Papa?

LE CLINCAILLER.

Rien, rien: va de ton côté & moi du
mien. Il faut avouer que voilà une petite
Fille qui a d'heureuses dispositions. (*il sort
en chantant.*) Achetez des boutons, tons,
tons, des boutons d'Allemagne, des boutons d'Tombac.

LA MARCHANDE *s'en allant.*

V'là la p'tit' Marchande de plaisir &c.

B

SCENE VII.

Madame DU REZEAU, MARTON.

MARTON.

IL me semble, Madame, que vous sou-
tenez l'état de Veuve assez gaiement.

Air. Prenons au Village une Maîtresse.

Des liens fâcheux du Mariage,
Heureuse qui peut se dégager ;
Mais on perd son temps dans le veuvage
Quand on n'a point l'art de s'en dédommager.
L'oiseau qui s'échappe de sa cage,
De la liberté sent l'avantage :
Le partage
Du bel âge
Est d'en faire un bon usage.

Madame DU REZEAU.

Depuis cinq ans veuve avec courage,
Un pareil état commence à m'affliger.
Toutes les nuits
Dans les ennuis
Veuve se plaint,
Soupire & craint.

MARTON.

Votre Epoux fatigant
Etoit un ours.

Madame DU REZEAU.

Il me grondoit fouvent ;
    Mais pas toujours.
Si j'avois des tourmens ,
J'avois auffi de bons momens.

MARTON.

Un petit bien , fait à propos ,
Fait oublier bien des maux.
Mais ne regrettez point votre efclavage ,
    Vous devez fonger
    A vous dédommager.

Madame DU REZEAU.

Marton, as-tu dit au Cocher de fe trou-
ver à trois heures du matin vis-à-vis le
grand Caffé.

MARTON.

Oui , Madame ; nous pafferons donc ici
la nuit ?

Madame DU REZEAU.

Oui Monfieur ; le Chevalier de Bouté-
felle nous y donne à fouper.

MARTON..

Sans Mademoifelle votre Fille....

Madame DU REZEAU.

Sans Mademoifelle ma Fille : qu'avons-
nous befoin de cette petite Mijaurée ? Je
fuis fort mécontente de fes manieres.

MARTON.

Que vous a-t-elle donc fait ?

Madame DU REZEAU.

Comment, ce qu'elle m'a fait ? A peine
a-t-elle dix-huit ans, qu'elle veut déjà se
donner les airs d'être jolie aux dépens de
sa Mere !

MARTON.

Cela n'est pas bien.

Madame DU REZEAU.

Je ne sçaurois parvenir à lui faire mettre un fichu : quand on la regarde, elle
se redresse toujours, & respire d'une ma-
niere tout à fait impertinente.

MARTON.

Ah, le mauvais caractere !

Madame DU REZEAU.

Il semble qu'elle prenne à tâche de cau-
ser des distractions à ceux qui me parlent !

MARTON.

Vous avez raison ; M. le Chevalier est
fort sujet à ces sortes de distractions-là.
Par exemple....

Madame DU REZEAU.

J'y vais mettre bon ordre, Marton ; j'y
vais mettre bon ordre : je la renferme de-

main dans un Couvent pour le reste de ses jours.

MARTON.

C'est bien fait ; mais qui menera donc votre commerce ?

Madame DU REZEAU.

Mon commerce ? Je le quitte, Marton, je le quitte ; il seroit beau qu'une Femme comme moi vendît encore du galon & de la dorure.

MARTON.

Ah ! Madame, depuis quelque temps, vous en donnez plus que vous n'en vendez.

Madame DU REZEAU.

Je me marie demain ; celui que j'épouse est un des meilleurs Gentils-hommes.

MARTON.

Qui ? Monsieur de l'Escompte ?

Madame DU REZEAU.

Qui te parle de M. de l'Escompte ? Suis-je faite pour un Agent de Change ? C'est Monsieur le Chevalier Boutefelle que j'épouse,

MARTON.

Misericorde !

B iij

Madame DU REZEAU.

J'aurai de beaux Laquais, Marton.

MARTON.

Et Monſieur, de jolies Femmes de Chambre.

Madame DU REZEAU.

J'aurai un Intendant.

MARTON.

Et Monſieur, une Femme de Charge.

Madame DU REZEAU.

Je ferai de toi une Fille d'honneur.

MARTON.

Je vous aurai une grande obligation.

Madame DU REZEAU.

Je me promenerai toutes les après dî-
nées ſur le Boulevard en Cabriolet; j'ap-
prendrai à mener,

MARTON.

A commencer par votre Mari.

Madame DU REZEAU.

Dès demain je prendrai un caroſſe.

MARTON.

Et M. le Chevalier une chaiſe de poſte.

Madame DU REZEAU.

Comment ! Il me ſemble que tu doutes
de ſes ſentimens pour moi ?

MARTON.

Oh ! pas autrement ; mais en avez-vous des preuves bien solides ?

Madame DU REZEAU.

De très-solides. Par exemple , il a bien voulu accepter de moi trois cent louis pour remonter sa Compagnie ; il n'a point fait difficulté de me demander encore deux mile aunes de point d'Espagne pour galonner ses soldats sur toutes les coutures; tout sera chamarré jusqu'aux bottines : cela fera la plus brillante Compagnie , le plus beau coup-d'œil !

MARTON.

Et le plus singulier. Mais il me semble que votre cher Futur se fait bien attendre.

Madame DU REZEAU.

Il est peut-être déjà arrivé : holà , garçon , garçon.

SCENE VIII.

Madame DU REZEAU, MARTON,
LE GARÇON DE CAFFÉ.

Madame DU REZEAU.

N'A-t-on pas commandé ici à souper
pour trois personnes ?

LE GARÇON.

Oui, Madame, & le couvert est très-
proprement mis dans la petite chambre
qui donne sur l'égout.

Madame DU REZEAU.

C'est cela, conduisez-nous-y.

LE GARÇON.

Je n'ai point ordre de cela, Madame.

Madame DU REZEAU.

Comment ! N'est-ce pas le Chevalier
Boutefelle, un grand jeune homme d'une
taille légere, en plumet, de grands che-
veux natés & en uniforme ?

LE GARÇON.

Non, Madame.

Madame DU REZEAU.

Qu'est-ce que cela veut dire ?

LE GARÇON.

Pardon, Madame, je n'ai pas le tems
de m'arrêter. Allons, allons, on y va.

Madame DU REZEAU.

Attendons ici : le Chevalier est trop galant homme pour me manquer de parole.

MARTON.

Il n'en a jamais manqué, il en donne
tant qu'on en veut.

Madame DU REZEAU.

Mais qu'est-ce que je vois? Quel fâcheux
contre-temps ! C'est M. de l'Escompte.

SCÈNE IX.

Madame DU REZEAU, MARTON, M. DE L'ESCOMPTE.

M. DE L'ESCOMPTE.

AH ! ah ! vous voilà, ma chere Maman !
Comment ! si tard aux Boulevards !

Madame DU REZEAU.

Oui, j'avois des vapeurs, je suis venue
ici avec Marton pour les dissiper, & j'é-
tois bien aise d'être seule.

M. DE L'ESCOMPTE.

Serois-je de trop ? Madame...

MARTON.

Cela se pourroit bien ; ce font des vapeurs de Veuvage.

M. DE L'ESCOMPTE.

Hé ! bien, pour les faire paffer, nous parlerons de notre Mariage ; c'eft le moment de terminer nos affaires. Il y a neuf ans que Madame me berce d'efpérances ; elle doit fe fouvenir qu'en 749 nous nous fommes fait une promeffe de Mariage refpective quatre ans avant la mort de fon Mari. J'ai cet effet dans mon porte-feuille.

MARTON.

Hé ! bien, vous n'avez qu'à le négocier fur la place.

M. DE L'ESCOMPTE.

Il n'eft point queftion de plaifanterie ; il eft tems de nous marier ou jamais.

Madame DU REZEAU.

Ou jamais, c'eft bien dit ; (bas à Marton.) mais je vois une petite Marchande qui vous fait des fignes.

M. DE L'ESCOMPTE.

Hé ! bien, Madame, quel eft le réfultat ?

Madame DU REZEAU, *bas à Marton.*

Fais-la approcher.

M. DE L'ESCOMPTE.

Vous ne me dites rien, vous êtes d'une inquiétude.....

SCENE X.

Les Acteurs précédens, UNE PETITE MARCHANDE DE PLAISIR.

LA MARCHANDE *chante.*

V'Là la p'tit' Marchand' de plaisir;
    Qu'est-ce qui veut du plaisir?
        Du plaisir, du plaisir.

(*à M. de l'Escompte.*)

Monsieur, ne vous faut-il rien du nôtre?

Madame DU REZEAU, *à la petite Marchande.*

Oui, oui, venez çà.

M. DE L'ESCOMPTE, *à part.*

Ouais, il y a ici du mystere: observons.

LA MARCHANDE *présente des cornets à M. de l'Escompte, & donne un Billet à Madame du Rezeau.*

Tenez, Monsieur, prenez ces cornets.

M. DE L'ESCOMPTE *saisit le Billet, & la petite Marchande s'enfuit.*

Doucement, doucement. Ah! ah! un billet; c'est de l'écriture de M. le Chevalier Boutefelle.

Madame DU REZEAU.

Eh ! vous rêvez, Monsieur.

M. DE L'ESCOMPTE.

Eh ! non, Madame ; son caractere m'est familier ; j'ai plusieurs obligations de sa main.

Madame DU REZEAU.

Quoi qu'il en soit, remettez - moi ce billet.

M. DE L'ESCOMPTE.

Je ne le rendrai point que je ne sois éclairci de mes soupçons.

Madame DU REZEAU.

Hé ! bien, autant vaut que vous soyez instruit la veille que le lendemain ; J'épouse le Chevalier.

M. DE L'ESCOMPTE.

Est-il possible ? Comment ! Un Petit-Maître !

MARTON.

Madame se fait Petite - Maîtresse : les voilà de niveau.

M. DE L'ESCOMPTE.

Un étourdi qui n'a d'autre mérite que celui d'amuser les Femmes avec le jargon de la frivolité pour en faire des dupes !

Madame DU REZEAU.

Air : *Sotte methode.*

Ainſi doit être
Un Petit-Maître,
Léger, amuſant,
Vif, complaiſant,
Plaiſant,
Railleur aimable,
Traître adorable ;
C'eſt l'homme du jour,
Fait pour l'amour.

M. DE L'ESCOMPTE.

D'un fade langage,
D'un froid perſifflage
Il fait un vain étalage ;
Il veut tout ſçavoir,
Il veut tout voir :
Sur tout il chicane
Et ricane,
Jugeant de tout
Sans goût.

Madame DU REZEAU.

Ainſi doit être
Un Petit-Maître,
Léger, amuſant,
Et ſur le ton plaiſant ;
Railleur aimable,
De tout capable ;
C'eſt l'homme du jour
Fait pour l'amour.

M. DE L'ESCOMPTE.

De la femme qu'il aura
Bientôt il se lassera.

MARTON.

On s'attend bien à cela ;
Mais chacun a de son côté
Même liberté,
Et rien ne sera gâté.
A peine on se voit
Sous le même toit,
Chacun comme étranger
Peut vivre à sa guise,
Et s'arranger
Sans qu'on s'en formalise.

Madame DU REZEAU.

Ainsi doit être
Un Petit-Maître,
Libre en ses desirs ;
De plaisirs en plaisirs
Sans cesse il vole,
Toujours frivole ;
C'est l'homme du jour
Fait pour l'amour.

M. DE L'ESCOMPTE.

L'esprit dégagé
De tout préjugé,
Un goût de caprice
Le prendra pour quelque Actrice.
Il la meublera
Et l'étalera,
Et dans la coulisse
D'un souper lui parlera.

Viens, c'eſt à l'écart
Sur le rempart,
Sa Déſobligeante
Y conduit l'Infante.
Là, parlant d'abord,
Penſant après ;
On donne eſſor
Aux malins traits ;
L'abſent a tort,
Et les bons mots
Sont les plus ſots propos.

On parle vers,
Concerts,
Bijoux,
Ragoûts,
Chevaux,
Romans nouveaux,
Pagodes,
Modes ;
On médit,
On s'attendrit ;
On rit ;
Grand bruit
Au fruit,
Au bal on acheve la nuit.

Le matin mis comme un valet,
Pâle & défait,
Monſieur dans un cabriolet
Part comme un trait,
Et pouſſe deux
Chevaux fougueux,

LA SOIREE

Qui secouant leurs crins poudreux,
Renversent ceux
Qui sont contre eux,
Et s'échappant
En galopant,
Dans ce fracas
Doublent le pas.

Notre moderne Phaëton,
Prenant un ton,
Va chez plusieurs femmes de nom,
Leur fait la cour pour les trahir ;
Les aime comme on doit haïr :
Ensuite il envoye un Coureur
Chez le Maignan, chez l'Empereur *,
Demander des assortimens,
Des rivieres de diamans
Pour sa Déesse d'Opera
Qui bientôt s'en rira.

Madame DU REZEAU & MARTON.

Ainsi doit être
Un Petit-Maître ;
C'est l'homme du jour
Fait pour l'amour.

M. DE L'ESCOMPTE.

C'en est fait, Madame, avec de pareils sentimens, vous n'êtes plus digne de moi.

Madame DU REZEAU.

C'est bien dommage !

MARTON.

Nous avons de quoi nous en consoler.

* *Fameux Bijoutiers.*

M. DE

M. DE L'ESCOMPTE.

Voyons donc à préfent le ftile de votre beau Chevalier.

Madame DU REZEAU.

Ah ! voyez à préfent , cela m'eft égal : vous y verrez qu'il m'adore , & qu'il va fe rendre ici afin de convenir des articles.

MARTON.

Oui, voyez.

M. DE L'ESCOMPTE.

Hom. Ceux-ci ne feront pas de votre goût ; écoutez : (*il lit.*) *Madame , je viens de recevoir l'ordre de partir fur le champ avec ma Compagnie ; j'ai jugé à propos de vous épargner la triftefle de nos adieux.*

Madame DU REZEAU.

Ah ! Ciel !

M. DE L'ESCOMPTE.

Je fuis dans le dernier défefpoir.

Madame DU REZEAU.

Le pauvre garçon !

M. DE L'ESCOMPTE.

Et j'y fuccomberois infailliblement, fi Mademoifelle votre Fille n'avoit la complaifance de m'accompagner pour me donner quelque confolation , afin de m'empêcher de mourir.

C

Madame DU RÉZEAU.

Ah! le scélérat!

M. DE L'ESCOMPTE.

Je l'épouse en reconnoissance d'un si bon procédé ; ce que j'ai reçu de vous est un à compte sur sa dot. Le Chevalier DE BOU-TESELLE.

MARTON.

Le pauvre garçon !

M. DU RÉZEAU.

Je suis trahie, ruinée, assassinée, eh! vite, eh! vite, des chevaux de poste & en quantité, je veux courir à franc-étrier pour les rejoindre plutôt.

MARTON.

Hoé, hoé, hoé.

M. DE L'ESCOMPTE.

Ma foi, elle n'a que ce qu'elle mérite ; & je m'en console.

SCENE XI.

DEUX CHANSONNIERS *chantent al-* *ternativement les couplets suivans.*

Air : *Comme un oiseau.*

Vous qui voulez des chansonnettes,
Venez, venez en faire emplettes,
 Fill's, & Garçons.
Fermez la bouche, ouvrez l'zoreilles ;
Vous entendrez des merveilles ;
 Chansons, chansons.

Un Philosophe d'importance
Va changer les mœurs de la France,
 Par ses leçons :
On verra sa morale utile
Réformer la Cour & la Ville ;
 Chansons, chansons.

Des apprentifs de la finance
Il corrige l'impertinence
 Et les façons :
Les petits Commis de province
Ne prendront plus des airs de Prince ;
 Chansons, chansons.

C ij

On verra les époux fideles
S'aimer comme des tourterelles
    A l'uniſſon ;
Le monde ſe fera ſcrupule
De les tourner en ridicule ;
    Chanſon , chanſon.

Les Officiers dans leur abſence
Auront toujours même conſtance
    Pour leurs tendrons ;
En revenant près de leurs Belles
Ils les retrouveront fidelles ;
    Chanſons , chanſons.

Les Abbés auront l'air moins leſte ,
Tout va prendre le ton modeſte
    Juſqu'aux Gaſcons ;
On n'aura plus de ces Coquettes
Pour qui les Seigneurs font des dettes ;
    Chanſons , chanſons.

Ces politiques inutiles
Dans les Caffés prenant des Villes
    A leur façon ,
Vont regler , non le Miniſtere ,
Mais leur maiſon qui ne l'eſt guère ;
    Chanſon , chanſon.

Nymphes du Cours dont l'opulence
Promene à grand bruit l'indécence
    En Phaëton ,

Vous n'irez plus en mafcarade
Du deshonneur faire parade;
   Chanfon , chanfon.
Les Marchands des Boulevards prient
   les Chanfonniers de jouer du violon
   pour les faire danfer.
MENUETS ET CONTREDANSES.

SCENE XII.

Madame BONTOUR , *déguifée en*
Savoyarde , UNE SAVOYARDE.
   Madame BONTOUR.

JE te fuis bien obligée, ma petite amie, de
l'habit que tu m'as prêté ; voilà pour
ta peine : fi je réuffis, je t'en donnerai
encore autant. Allons nous mettre en fen-
tinelle.

SCENE XIII.

M. BONTOUR , Mlle. CHOUCHOU.

   M. BONTOUR.

ALLONS , gai , réjouiffons-nous
   Et faifons les foux.

Mettons nous ici , ma chere Made-

moifelle Chouchou, Garçon, du ratifia,
des macarons, de l'eau d'or & des me-
ringues : c'eft ici que doit nous rejoindre
notre compagnie pour voir la Fête que
l'on donne ce foir fur les Boulevards en
réjouiffance de notre victoire.

Mlle. CHOUCHOU.

Madame Bontour n'y viendra - t - elle
pas ?

M. BONTOUR.

Bon, elle eft ennemie de tous divertif-
femens, tels innocens qu'ils puiffent être;
elle eft d'une jaloufie infupportable, & fi
je veux jouir d'un peu de bon tems, il
faut que je m'échappe.

Air :

Tandis que ma Femme fommeille,
Suivons les plaifirs,
Tout fert nos defirs;
Avec nous, le tendre Amour veille,
Allons, gai, réjouiffons-nous.

ENSEMBLE.

Allons, gai, réjouiffons-nous,
Et faifons les foux.

Mlle. CHOUCHOU.

Si votre Femme vous chagrine,
Laiffez-la crier;
On peut s'égayer
Avec une autre à la fourdine;
Allons, gai, réjouiffez-vous
Avec votre voifine.

ENSEMBLE.
Allons, gai, réjouissons-nous,
Et faisons les foux.

M. BONTOUR.
Que de soucis dans le ménage,
De soins, d'embarras !
De tout ce tracas,
Bien sot qui ne se dédommage,
Allons, gai, réjouissons-nous,
Il faut suivre l'usage.

ENSEMBLE.
Allons, gai, réjouissons-nous,
Et faisons les fous.

SCENE XIV.

Madame BONTOUR, en Savoyarde,
& les Acteurs précédens.

M. BONTOUR.

A Votre santé, Mademoiselle Chouchou.

Mlle. CHOUCOU.

A la votre, Monsieur Bontour.

Madame BONTOUR en Marmotte, chante
& danse en s'accompagnant du Triangle.
Non, je n'aimerai jamais que vous,
Qu'un pareil destin doit faire de jaloux.
Non, je n'aimerai jamais que vous.

C iv

(*à part.*) Ah! voilà mon coquin de Mari avec Mademoiselle Chouchou, sa petite Marchande de modes; ils ne me reconnoîtront pas sous cet habit de Marmotte, je vais les traiter comme ils le méritent. (*à M. Bontour & à Mlle. Chouchou.*) Voulez-vous un petit air, Monsieur & Madame?

M. BONTOUR.

Oui-dà, oui-dà, cela nous réjouira: de quel pays êtes-vous, ma petite?

Madame BONTOUR.

De la Vallée de Barcelonnette, pour servir vous, Monsieur.

M. BONTOUR.

Ah! pour servir moi, bien obligé; hé bien, chantez-nous quelque chose.

Madame BONTOUR.

Air. *Catherinette.*
Quand la Fillette
Eſt à marida,
Larirette,
On la ſouhaitte,
C'eſt à qui l'aura;
La pauverette!
Auſſi-tôt qu'on l'a,
Larirette,
La pauverette!
On la laiſſe-là.

M. BONTOUR.

Parbleu, c'eft la vérité : par exemple,
Madame Bontour & moi, nous nous ai-
mions comme deux tourterelles avant notre mariage.

Madame BONTOUR *à part.*

Ah! le traître! (*Elle chante.*)

Air. *C'eft à toi , Charmante Brune.*

Un Epoux, un hirondelle ,
Ne fe fixent pas long-tems ;
Tous les deux à tire d'aîle
Cherchent toujours le Printemps. } *bis.*

Un Amant eft tout de flamme ;
Mais l'Hymen refroidit l'air ;
Tout Epoux près de fa Femme ,
Grelotte comme en hiver. } *bis.*

Mlle. CHOUCHOU.

Madame Bontour ne nous croit pas ici,
affurément.

M. BONTOUR.

Non, elle dort à préfent de tout fon
cœur dans fon petit lit à part.

Mlle. CHOUCHOU.

Je crois qu'elle fait de beaux rêves.

M. BONTOUR.

Oh! je lui en laiffe tout le tems ; je
vous en réponds ; laiffons cela , ne pen-
fons qu'à nous divertir.

Madame BONTOUR.

C'eft bien dit , je vais vous donner
du divertiffement , moi.

M. BONTOUR.

Très-volontiers , je crois qu'elle eft jolie, au moins , la petite Marmotte. Voyons,
voyons , ôtez ce mouchoir qui vous cache
le vifage.

Madame BONTOUR.

Non , non , Monfieur , une ferine m'eft
tombée fur la tête.

M. BONTOUR.

Une ferine !

Madame BONTOUR.

Si, fi, una fredoura, una... Come ? Come?
una fluffion.

M. BONTOUR.

Ah ! une fluxion !

Madame BONTOUR.

Allons , Monfieur , voyez ma petite
curiofité.

M. BONTOUR.

Eft-elle jolie votre petite curiofité ?

Madame BONTOUR.

Oh! oui , Monfieur , on y voit l'armée
de la guerre , & toutes fortes de petites

aventures bourgeoifes qui vous amuferont ; je ne montre pas ça à tout le monde.

Mlle. CHOUCHOU.

Voyons , voyons , nous fommes difcrets.

Madame BONTOUR.

Vous nous donnerez donc quelque chofe , mon bon Monfieur. J'ai un coquin de Mari qui m'abandonne , ma chere Madame , ah ! j'ai bien de la peine ; priez Monfieur votre Amoureux pour moi.

M. BONTOUR.

Tiens , ma Petite.

Madame BONTOUR.

Grand-merci , Monfieur, mettez-vous-là. (*Elle leur montre la curiofité.*) Vous allez voir tout ce que vous allez voir. Voilà l'Armée de la Guerre , voilà la fameufe defcente de Meffieurs l'zAnglois.

Air. *Trinque , trinque , trin.*
Remarquez bien ces Guerriers ingambes
Qui venoient tenter des exploits nouveaux;
Leur troupe s'avance à toutes jambes ,
Mais c'eft du côté de leurs grands vaiffeaux ,
Dès qu'on eft à leur pourfuite ,
Ils regagnent pavillon ;
Eh ! trinque , trinque , trin ,
Pour les faire aller plus vîte ,
Il leur faut un coup d'Eguillon.

Voici un changement de décoration.

Même air.

Vous voyez nos troupes d'Allemagne
Prêtes à cueillir de nouveaux lauriers,
Là Victoire qui les accompagne
Vole sur les pas de nos Officiers,
Chacun d'estoc & de taille
　　Bravement s'escrimera,
Eh ! zingue, zingue, zingue,
Ils vont tous à la Bataille
Ainsi qu'au Bal de l'Opéra.

Allons, tue, tue, pon, pon, pon, Soldats, Officiers, Général, les voilà tous dans la mêlée ; victoire, victoire, ton, ton, ton, teronton, ton. Voici maintenant les armées Impériale & Prussienne, dignes rivales, animées d'une égale ardeur pour la gloire.

Air : *Ah ! voilà la vie, la vie.*

Dans son camp tranquille
S'endort le Prussien ;
C'est un sûr azile
Où l'on ne craint rien ;
Mais le Général Daune,
En homme plus fin,
Donne, donne, donne
Du réveil matin.

Remarquez comme les ennemis abandonnent leurs canons & leurs tentes qui les embarrassoient, & font de leur armée un camp volant.

Vous allez voir préfentement une petite Aventure Bourgeoife , arrivée depuis
peu fur les Boulevards. Mais chut.

Mlle. CHOUCHOU.

Oui, oui, nous n'en dirons rien.

M. BONTOUR.

C'eft une petite partie noɗurne qu'un
bon Mari a fait avec fa Maîtreffe ; il fait
coucher fa Femme , & fait femblant d'aller fe mettre au lit.

Air. *Là-bas deffous ces verds pommiers.*
Mais là Femme en a du foupçon,
Farlarira don , don ;
Allez avec votre Tendron,
Hon , hon , hon !
Petit Fripon ,
Farlarira , larira , dondaine ,
Farlarira don , don.

Air. *Ah ! la voilà , la voilà.*

Cet Epoux dans un doux tranfport,
Dès qu'il croit qu'elle dort ,
Sort.

M. BONTOUR..

Ah! ah ! on diroit que c'eft notre Aventure.

Mlle. CHOUCHOU.

Oui , voilà qui eft plaifant.

Madame BONTOUR.

Voyez, voyez. (*elle continue.*)
    . Et fa femme d'un autre part,
    Pour les fuivre au Rempart,
    Part.

Mlle. CHOUCHOU.

Ce ne feroit pas là notre compte ?

M. BONTOUR.

Nenni, parbleu.

Madame BONTOUR.

Voyez, voyez. (*elle chante.*)

    En marmotte s'habilla,
    Les furprit & les étrilla, les étrilla.

M. BONTOUR.

Que vois-je ? C'eft ma Femme.

Mlle. CHOUCHOU.

Madame Bontour !

Madame BONTOUR. (*Elle pourfuit*
           M. Bontour en le roffant.)
    Oui, là voilà, la voilà, la voilà.

Mlle. CHOUCHOU.

Au fecours, au fecours.

M. BONTOUR.

A l'aide, à l'aide.

Madame BONTOUR.

Au Guet, au Guet.

    Danfe des Savoyards, qui fe réjouiffent
    du fuccès de Madame Bontour.)

SCENE XV.

LA VICTOIRE , *Grenadier* ,
UN GARÇON.

LA VICTOIRE.

Air : *Des Pantins.*

Tous les cœurs sont réjouis
Dans ce bon pays de France,
Tous les cœurs sont réjouis
Partout où règne Louis.

Garçon , à boire.

LE GARÇON.

Il y a des cabarets plus loin.

LA VICTOIRE.

Je suis bien ici , qu'on me serve.

LE GARÇON.

On ne reçoit point ici de Soldats.

LA VICTOIRE.

Comment , ventrebleu , tu n'as jamais
eu de meilleure compagnie ; apprends
que je suis Grenadier , que j'ai pour ca-
marades des Princes du Sang.

LE GARÇON.

Oh ! je n'ai plus rien à dire , qu'est - ce
qu'il vous faut , de la bierre ?

LA VICTOIRE.

Fi donc, c'eſt une boiſſon Angloiſe ;
donne-moi du vin.

LE GARÇON.

Je ſuis à vous.

LA VICTOIRE.

Air. *Des Pantins.*
Tandis que les Officiers
Vont combattre l'Angleterre ,
Abbés, Robins , Financiers ,
A Paris font les Guerriers ;
Chaque jour de quelque Iris ,
Bruſquement le cœur eſt pris ;
Ici l'on ne fait la guerre
Qu'aux Mamans & qu'aux Maris.

SCENE XVI.

LA VICTOIRE, GRIFFONNET ,
Clerc de Procureur.

GRIFFONNET.

EH ! bon jour , notre cher Couſin.

LA VICTOIRE.

Ah ! ah ! C'eſt toi , l'ami Griffonnet.

GRIFFONNET.

GRIFFONNET.

Je fuis charmé de te voir, mon pauvre Nicolas Flanchon.

LA VICTOIRE.

Tout beau! ne m'appelle plus comme cela ; je me nomme la Victoire ; je fuis annobli depuis que tu ne m'as vû.

GRIFFONNET.

Où font tes Titres?

LA VICTOIRE

Les voilà : c'eft mon arc-en-ciel de fer ; quand on s'en fert bravement pour le bien de l'Etat & le fervice de fon Prince, ça vaut mieux que tous les parchemins du monde.

GRIFFONNET.

Tu as raifon ; c'eft de la bonne Nobleffe, celle-là.

LA VICTOIRE.

Sarpe-jeu, j'rifqu'ons not' perfonne pour l'acquérir, au lieu que bien d'autres ne rifquent que des zeros.

GRIFFONNET.

Mais par quelle aventure es-tu à Paris.

LA VICTOIRE.

J'ai obtenu un petit congé pour venir ici placer de l'argent que j'ai hérité des Anglois ; cependant, je pars demain pour rejoindre ; fi tu veux, tu feras des nôtres.

GRIFFONNET.

Je le voudrois bien ; mais....

D

LA VICTOIRE.

Quo! mais ! Qu'est-ce que tu fais ici ?

GRIFFONNET.

Je suis toujours Clerc de Procureur, &
bel esprit ; je fais des piéces d'écritures
pour ruiner des familles , & des piéces
de vers pour détruire des réputations.

LA VICTOIRE.

Tu fais là un chien de métier, mon ami.

GRIFFONNET.

Air : *Voilà la différence.*

Comme toi, dans mes exploits
J'ai des risques quelquefois.

LA VICTOIRE

Voilà la ressemblance.
Je montre le fruit des miens,
Tu caches celui des tiens ;
Voilà la différence.

Crois-moi , Cousin , il n'est rien tel que
d'aller tête levée: vive la guerre & les gens
de cœur pour cela.

GRIFFONNET.

Ce n'est pas le cœur qui me manque, je
suis François, mais tu as déjà dix ans de ser-
vice, avant que je parvienne comme toi,
& que je sache faire l'exercice à la Prussienne.

LA VICTOIRE.

Tarare.

Air : *Il étoit un Moine blanc.*

Tout François dans les combats
Devient Héros au premier pas ;
Il suffit que l'cœur nous mene.
Voilà not' vrai Capitaine.

GRIFFONNET.

Eh ! puis, je t'avouerai franchement, que je suis trop attaché à la profession de bel esprit.

LA VICTOIRE.

Est-ce que tu la crois incompatible avec la nôtre ?

Air : *Tout roule aujourd'hui dans le monde.*
En France un vaillant Militaire
Unit l'esprit à la valeur :
Les graces, le talent de plaire
N'empêchent point d'avoir du cœur ;
J'aurions une liste fort ample
Des biaux esprits qui sont Héros.
On t'en citera maint exemple
Parmi nos braves Généraux.

Tête-bleu, je ne conseillerois pas aux plus habiles d'en faire assaut avec eux ; c'est qu'un trait n'attend pas l'autre. Ils vous poussent des bottes, pif, paf... Hé ! bien dans le bataille, c'est de même ; l'esprit vif, la tête froide, le cœur chaud, en trois mots, voilà leur portrait.

GRIFFONNET.

Tu me décides ; donne-moi la cocarde.

LA VICTOIRE.

Tiens ; voilà mon chapeau ; je te fais foldat, & puifque tu as la fureur du bel efprit, je te crée Chanfonnier du Régiment.

GRIFFONNET.

Soit ; je chanterai nos Généraux, & je chanfonnerai nos Ennemis.

LA VICTOIRE.

Tu ne manqueras pas de matiere : marche à moi. Ah ! çà ; qu'eft - ce que tu veux d'engagement ?

GRIFFONNET.

D'engagement... Fi donc, eft - ce que l'on vend le fervice, que l'on doit à fa Patrie ; l'on eft trop payé par la gloire que l'on en retire, je fers *gratis* : morbleu, *gratis.*   LA VICTOIRE.

Embraffe - moi, Coufin, à cette noble ardeur, je reconnois mon fang.

GRIFFONNET.

Tête-bleu, ventre-bleu, je me crois déjà dans l'action avec les ennemis.

Air : *De tous les Capucins du monde.*
Par la fembleu je vous enferre
Ces drôles-là.
LA VICTOIRE.
Doucement, Frere :
Parle mieux de gens aguerris
Pour qui la Victoire a des charmes ;
C'eft la valeur des ennemis
Qui fait la gloire de nos armes.

GRIFFONNET.

Qu'eſt-ce que j'entends?

LA VICTOIRE.

C'eſt notre ami la Fleur, ſoldat au Régiment d'Orléans, qui vient ici avec ſa recrue, & tout le peuple qui ſe réjouit des avantages que nous avons remportés.

GRIFFONNET.

Allons, morbleu, vive le Roi.

SCENE XVII. *& derniere.*

La VICTOIRE, GRIFFONNET, Mr. BONTOUR, Me. BONTOUR, LA FLEUR, *Soldat, & nouveaux Enrôlés. Differentes perſonnes du peuple.*

DIVERTISSEMENT.

(*Ici ſe chante le Duo.*)

LA VICTOIRE *à Griffonnet.*

JE veux au bout d'une campagne
Te voir déjà joli garçon ;
Des Héros que l'on accompagne
On ſaiſit l'air, on prend le ton ;
Des Ennemis, ainſi que des Belles,
On eſt vainqueur en l'zimitant ;
        Rli, rlan, rli, rlan ;
On prend d'aſſaut les Citadelles,
Rlan, tanplan, tambour battant.

LA FLEUR.

Braves garçons que l'honneur mene ,
Prenez parti dans Orléans ,
Not' Coronel , grand Capitaine ,
Eft le Patron des bons vivans :
Dam' il falloit le voir en plaine
Où le danger étoit l'plus grand ,
    Rli , rlan , rli , rlan :
Lui feul en vaut une douzaine ,
Rlan, tanplan , tambour battant.

LA VICTOIRE.

Nos Officiers , dans la bataille
Sont pêle mêle avec nous tous ;
Il n'en eft point qui ne nous vaille ,
Et les premiers ils vont aux coups.
Un Général , fut-il un Prince ,
Des Grenadiers fe met au rang :
    Rli , rlan , rli , rlan :
Fond fur l'zennemis & vous les rince ,
Rlan, tanplan, tambour battant.

LA FLEUR.

Vaillant & fier fans arrogance ,
Et refpecter fes ennemis ,
Brutal pour qui fait réfiftance ,
Honnête à ceux qui font foumis ,
Servir le Roi , fervir les Dames ,
Voilà l'efprit du Régiment :
    Rli , rlan , rli , rlan :
Tous nos Guerriers font bonnes lames ,
Rlan , tanplan , tambour battant.

LA VICTOIRE *à un garçon.*

Viens vîte prendre la cocarde ;
Du Régiment quand tu feras ,
Avec refpect , j'veux qu'on te r'garde ;

Le Prince eſt l'Chef, & j'ſons les bras.
Par le courage on ſe reſſemble,
J'ons même cœur & ſentiment :
    Rli, rlan, rli, rlan ;
Droit à l'honneur j'allons enſemble,
Rlan, tanplan, tambour battant.
   Mr. BONTOUR.
La jeune Agnès devint ma Femme,
J'étois le maître à la maiſon,
Au bout d'un mois changement d' gamme,
Elle fut pire qu'un Dragon.
Pauvres Epoux, voyez ma peine,
Si je m'échappe un ſeul inſtant,
    Rli, rlan, rli, rlan :
Rlan, tanplan, elle me mene,
Rlan, tanplan, tambour battant.
   Madame BONTOUR.
Quand un Mari fait bon ménage,
Que de ſa femme il eſt l'Amant,
Frauder ſes droits eſt un outrage
Que l'on excuſe rarement ;
S'il va courir la prétentaine,
Ne peut-on pas en faire autant ?
    Rli, rlan, rli, rlan :
Rlan, tanplan, on vous le mene,
Rlan, tanplan, tambour battant.

A notre eſprit que l'on pardonne,
Il ne produit rien d'excellent ;
Mais dans l'ouvrage qu'on vous donne,
Le cœur remplace le talent.
Meſſieurs, pour cette bagatelle
Tout bon François eſt indulgent,

LA SOIRÉE

Rli, rlan, rli, rlan :
Ne voyez rien que notre zélé ;
Applaudissez tambour battant.
LAFLEUR *au Parterre.*
Je m'apperçois que le Parterre
Lui-même se mêle à nos Jeux ;
La seule image de la guerre
Anime le cœur & les yeux ;
J'en vois plus d'un qui se balance,
Et fait ce geste en m'imitant,
Et rli, rlan, & rli, rlan :
En vrai Dragon il chante & danse,
Rlan, tanplan, tambour battant.

Ce Couplet est de M. L.....

FIN.

APPROBATION.

Permis de représenter & d'imprimer. A Paris,
ce 12. Novembre 1758.

BERTIN.

*Le Privilége & l'Enregistrement se trouvent au nouveau
Recueil de Pieces des Théâtres François & Italien.*

www.ingramcontent.com/pod-product-compliance
Lightning Source LLC
Chambersburg PA
CBHW061649180626
46818CB00003B/1024